DU MÊME AUTEUR

Aux éditions Casterman :

Je ne veux plus être un enfant !

Je veux changer la vie !

Je veux être un Cro-Magnon !

illustrés par Clément Oubrerie

À MON AVIS

PATRICIA BERREBY

Je veux de l'amour !

ILLUSTRÉ PAR CLÉMENT OUBRERIE

ROMANS

casterman

À tous les amoureux du monde entier,

à mon papa et ma maman,

à Marilou et à moi Blaise...

1

HO LES FILLES, OH LES FILLES…

C'est toujours la même histoire avec les filles ! Un jour, elles t'aiment et le lendemain, elles t'aiment plus ! Pouah, je ne serai jamais plus amoureux de Nisrine. Je la déteste !

Pour moi, l'amour c'est simple comme bonjour, sinon au revoir !

Soit j'aime, soit j'aime pas ! Pas compliqué ! Je ne change pas d'avis toutes les cinq minutes comme les filles…

Et quand on ne m'aime plus, j'aime plus non plus !
En CP, j'aimais Emma, j'l'aime plus !

À la maternelle, j'aimais Sacha, j' l'aime plus non plus.
L'année dernière j'aimais Nisrine et maintenant c'est fini, parce que, maintenant, je préfère…
… Marilou ! Aïe ! j'ai un coup de foudre en plein dans le cœur…
Oui, Marilou, c'est mon amour !

2

MAMAN + PAPA = A... ?

De toute façon, j'ai bien le droit de changer d'avis, je suis encore petit !
Quand je serai grand, alors là ce sera différent !
Quand je me marierai avec ma femme, je changerai jamais d'avis, ce sera pour toujours !
Parce que moi, j'aime pas du tout les

divorces ! Surtout quand c'est mes parents qui divorcent...

Après, je suis obligé de vivre une semaine avec ma maman, puis une semaine avec mon papa et ainsi de suite...

Les parents, eux, n'ont pas le droit de changer d'avis !

D'abord, c'est trop triste, et en plus, ça me rend jaloux !

Ouais, parce que quand maman va au cinéma avec quelqu'un d'autre que mon papa, j'ai envie que le monsieur se fasse embarquer par la police des extraterrestres et qu'il ne revienne plus jamais sur notre planète !

NEMA

Jamais !
« T'as compris, espèce de coq déplumé à la noix avec tes fleurs toutes moches, tu te marieras jamais avec ma maman, d'abord ! Mon papa, il est plus fort que toi ! »
Mais au fait, mon papa aussi il va au cinéma avec une autre dame…
Glurps !

3

ÉDOUARD N'AIME QUE LES DOLLARS

Tiens, c'est bien la preuve que l'amour c'est pas qu'un truc de filles ! Dans ma classe, y en a qui n'aiment pas l'amour, ils trouvent que c'est super gnangnan et surtout pas pour les garçons ! N'importe quoi !
Enfin, c'est surtout Édouard qui pense comme ça… Lui, c'est normal, il n'aime que l'argent.

Il ne parle que de ça, les trucs super qu'il peut s'acheter, sa super maison qui coûte 300 mille millions, ses super jouets à trois milliards, ses super baskets à je ne sais pas combien, sa super tirelire avec tous ses super gros billets que lui donne son super riche papa... Ouf !

Il croit qu'il n'y a que l'argent qui rend heureux. Quand il sera grand, il va se marier avec un billet de 10 000 euros ! Sauf que ça n'existe pas, un si gros billet, hé, hé ! Et puis, t'as déjà vu un billet de mille qui te prend dans ses bras et qui te fait des petits bisous ?

Moi jamais !
Il est bête ! Avec tout ça, il a même pas de copain…
Comment on peut avoir des copains sans amour, hein ? Je me le demande, moi. C'est pas possible.

Pauvre Édouard. Si ça se trouve, il est malheureux comme un zombie, à rien partager avec personne, à être toujours tout seul !

DANS LA COUR, PERSONNE NE JOUE JAMAIS AVEC LUI ! Moi, à sa place, je me sentirais abandonné. Ça me rendrait tellement triste que j'aurais envie que des météorites s'explosent dans la cour et que des flammes de l'enfer jaillissent du sol, que les murs s'effondrent et que la mer envahisse l'école et que des requins dévorent tout le monde et voilà ! On n'a qu'à jouer avec moi, d'abord !

4

Les copains d'abord !

Parce que les amis, c'est important, faut pas croire…
Tu sais, quand je me dispute avec Édouard, ça me fait aussi un effet terrible.
L'autre jour à la récré… je voulais le zigouiller !
Et quand je suis énervé, y a plus d'amour dans mon cœur, c'est la

guerre ! Je suis un vrai enragé : y a des monstres terrifiants qui sortent de mes narines, mes mains se transforment en griffes super pointues comme des poignards et mes dents poussent comme des crocs de vampire assoiffé de sang et mon cœur se rétrécit comme une vieille pomme pourrie et je hurle des cris de mouette

furieuse et j'aime plus personne au monde et pas même moi et si je me croise dans la glace des toilettes, à ce moment-là, je me dis super méchamment : « QU'EST-CE QUE TU AS À ME REGARDER, TOI, TU VEUX MA PHOTO, TÊTE DE MÉROU ! » sans me rendre compte que le mérou, c'est moi !

Les chagrins d'amitié, c'est comme les chagrins d'amour, ça fait aussi mal ! C'est horrible de se disputer avec son meilleur ami, terrible de voir son meilleur copain jouer avec un autre meilleur copain, insupportable d'être trahi…

Sauf que, dans les chagrins d'amour, je ne suis ni enragé, ni énervé, ni super crieur, je suis tout raplapla, comme si j'étais malade. Et je me sens moche et bête et moins que rien parce que, RIEN, à côté de moi, c'est quelque chose… snif, j'aime pas ça du tout.

5

LA VIE EN ROSE

Je préfère quand on s'aime, avec Marilou ! Et qu'on s'aime d'amour… Parce que l'amour, ça me rend content ! Tout devient génial, facile, plaisant, même ce que j'aime pas d'habitude. Par exemple, mes devoirs, ranger ma chambre, prendre un bain, les corvées quoi, c'est comme si c'était un autre qui les

faisait à ma place, je ne sens pas que ça me fatigue ou que ça me dérange, je suis zen, léger comme une plume, un peu plus et je m'envole !
En plus, tout le monde il est beau, tout le monde il est gentil.

Et les petits oiseaux font cui-cui et mon cœur est gonflé d'amour comme la hotte du père Noël, j'ai envie de donner tous mes jouets aux enfants pauvres, et j'apporte des bonbons à ma copine Yasmine qui est malade, et j'aide Grégoire à apprendre ses tables, et j'ouvre les cages aux oiseaux, je remets les poissons dans les rivières, et je dis merci, je t'en

prie, et patati et patata, que des choses qui font plaisir à mon papa, à ma maman, à ma maîtresse et à tous les amis et même mes ennemis…

Tout ça parce que Marilou a trouvé que mon poème d'amour illustré était beau et qu'elle veut bien être mon amoureuse !

C’est drôle mais parfois, je crois que l’amour, ça rend intelligent ! C’est vrai, j’écris des plus belles choses et je fais des plus beaux dessins et je suis plus fort et plus gentil… Tiens, peut-être que je cours plus vite aussi ? Faudra que j’essaye.

Quand on s’aime, la vie c’est comme le paradis, mais en mieux ! Parce que, pour aller au paradis, faut être mort et avoir été bien sage !
Alors que, dans la vraie vie, c’est le paradis pour tous, quand on s’aime !

TU VOIS, C’EST MAGIQUE, L’AMOUR.

PS:

Peace and love (paix et amour), tu connais ? Je l'écris sur mes cahiers d'écolier et dans mon cœur pour pas l'oublier. Et ceux qui se moquent de moi ont tort, parce que si tout le monde était comme moi, ce serait drôlement mieux la vie !

Encore mieux que si j'étais magique, parce que la magie, c'est impossible, je le sais, je ne suis pas bébé, alors que l'amour, oui, C'EST POSSIBLE !
La preuve numéro 1, c'est qu'on a tous un cœur !
Et la preuve numéro 2, c'est la marguerite : « Je t'aime, un peu, beaucoup, passionnément… ! » Chaque fois que j'effeuille la marguerite, je tombe sur passionnément, alors tu vois…

TABLE DES CHAPITRES

Romans

BENJAMIN / DÈS 6-7 ANS

Vive la grande école

Les cabinets
La cantine
La dame des poux
La discussion
École occupée !
La fête des mères
La fête de l'école
L'argent de poche
la sortie
la rentrée
Claude Gutman/Serge Bloch

La bonne méthode

Délices de vaches
Merveilles de bricolage
Jouets plus ultra
Loo Hui Phang/Jean-Pierre Duffour

À mon avis

Je ne veux plus être un enfant !
Je veux changer la vie !
Je veux être un Cro-Magnon !
Je veux de l'amour !
Patricia Berreby/Clément Oubrerie

Pas si bêtes !

Ça zozote au zoo
Tu te trompes, petit éléphant !
L'œuf du coq
La rhino est une féroce
Les dix ans du yack
Pourtant le dromadaire a bien bossé
Le renne est-il la reine ?
La farce du dindon
La course de l'élan
Le festin du morse
Hubert Ben Kemoun/Bruno Heitz

Premières fois...

Loin de toi
Attachez vos ceintures !
Quelle peur !
Rolande Causse/Stéphane Girel

Humour

Je te guérirai, dit l'ours
Une leçon de rêve pour un petit loir
Janosch

Énervé, poil au nez !
Thierry Lenain/Robert Scouvart

Prière de ne pas entrer dans la chambre des parents, merci
Alain Serres/Klass Verplancke

Moi guerrier, toi pou !
Gilles Tibo/Claire Franek

La belle paresseuse
Béatrice Bottet/Christophe Besse

Comme la vie

Mille et une feuilles mortes
A.-S. de Montsabert/Caroline Grégoire

Plumes de neige
Michel Piquemal/Véronique Boiry

Vacances joyeuses
Falzar/Olivier Latyk

Capitaine Brochet
Jean-Marie Defossez/Vanessa Hié

Aventures

Belle de nuit
Blandine Lathuillière/Olivier Tallec

Le catalogue de la collection « Romans » est disponible
chez votre libraire ou sur une simple demande.

casterman
36, rue du Chemin-Vert 75545 Paris cedex 11

www.casterman.com

Conception graphique Claude Lieber

ISBN 2-203-12872-0

Imprimé en Italie. Dépôt légal : mai 2003; D. 2003/0053/191
Déposé au ministère de la Justice, Paris
(loi n° 49.956 du 16 juillet 1949 sur les publications destinées à la jeunesse).